ADDITION

SUPPLÉMENTAIRE,

A L'USAGE

DES FILLES CHORISTES D'UNE CONGRÉGATION.

Cantate Domino Canticum novum.
Chantez au Seigneur un nouveau Cantique. (Ps. 97.)

PAR J. L, C.

Carpentras, de l'Imprimerie de PROYET Fils.

(1830.)

ADRESSE AUX FILLES CHORISTES.

Filles Illustres du Ciel, chantez dans des ravissans transports ; mêlez vos accords à ceux des Anges, dont la voix mélodieuse enchante toute la Cour céleste, et priez enfin le Dieu de lumière qu'il vous inspire ici-bas les concerts les plus doux. Oui, jeunes Israélites, je croirais avoir beaucoup fait si, par cet opuscule, qui a pour titre : Addition suplémentaire, j'avais contribué à procurer la gloire de Dieu et à augmenter en vous les vertus, seules compagnes dignes de vous conduire à la paisible Sion. En un mot, je m'estimerais l'homme le plus heureux du monde, si un jour je pouvais me rendre ce flatteur témoignage : j'ai conduit des fidèles brebis dans les gras pâturages de la Jéruselem céleste : veuillez donc bien accepter avec gratitude mon addition supplémentaire, qui a été dictée par ma seule émulation. Je finis, chères filles, en vous priant de me donner un peu de part dans vos ferventes prières, et me disant

Votre srès-humble

et très-obéissant Serviteur, J. L. C.

CANTIQUE

EXTRAIT DES LITANIES DES SAINTS.

Sur l'air : *Le Seigneur a régné.*

O Toi, Roi des hauts Cieux, souverain Dieu le Père,
O Dieu le Fils qui par amour
As sauvé les souillés habitans de la terre !
Exaucez nos vœux en ce jour :
Esprit-Saint, le Dieu de l'umières,
Qui toujours répands des bienfaits,
Ecoute nos humbles prières :
Que tous nos vœux soient satisfaits.

CHOEUR.

Fixez vos regards sur la terre,
Démêlez cet humble pécheur ;
Montrez-vous pour lui salutaire,
Eternisez son vrai bonheur.

O Fille de Jessé ! notre plus tendre Mère
T'a choisi le Dieu tout-puissant,
Pour être une autre Eve mais à nous salutaire,
Prodige le plus ravissant !
Tais-toi, mortel le plus indigne :
Son front le plus audacieux
Est pour l'hautain le plus maligne ;
Pour l'humble le plus radieux.

CHOEUR.

Prie pour nous, divine Mère ;
Appaise le puissant Sauveur :
O ! toi que le mortel revère,
Obtiens-nous des Cieux le bonheur.

Élus les plus brillants de la cité chérie,
Vous qui délaissés ici-bas,
Jouissez des vrais biens de la sainte Patrie,
Ayant éprouvé le trépas.
Priez pour l'humain périssable

Qui submergé sur une mer ,
O destin le plus déplorable!
Est proche de subir l'enfer.

CHOEUR.

Illustre troupe auxiliaire ,
Appaise le puissant Sauveur ;
Montre - toi pour nous salutaire ,
Obtiens-nous des Cieux le bonheur.

O ! célestes Esprits obscurcis sous vos ailes
Pour n'être pas trop ébloui ,
D'un Dieu majestueux et des rayons fidèles ,
Priez pour des malheureux oui :
O ! vous qui portez les saints ordres
De l'esprit si parfait , si pur ,
Anéantis pour nos désordres ,
Obtenez-nous le bien futur.

CHOEUR.

Illustre troupe auxiliaire , etc.

Rangs chéris des Esprits bien-heureux et célestes ,
Anges , Archanges , Chérubins ,
O dominations , ô puissances modestes ,
Principautés , purs séraphins ,
O trône , vertus innocentes !
Calmez mon Jesus irrité ;
Arretez ses fureurs puissantes ,
Nous adorons sa bonté.

CHOEUR.

Illustre troupe auxiliaire , etc.

O trihomphants martyrs la gloire de l'Eglise ,
Vous dont le salut imploré ,
Vous dont la possession des plus hauts cieux promise
Est votre salaire assuré :
Sang versé par des vrais supplices
Des impies le déshoneur ,
Faites des suppliants offices ;
Suppliez l'aimable Sauveur.

CHOEUR.

Illustre troupe auxiliaire , etc.

O zélés Confessseurs d'un Dieu le plus fidèle,
Economes du Rédempteur,
Vous avez mérité des purs cieux l'étincelle :
Pour des mortels quel doux bonheur !
jouir des biens de la Patrie
Et se nourrir du pain du Ciel.
Priez pour nous, troupe choisie,
Qui toujours louez l'Éternel.

CHOEUR.

Illustre troupe auxiliaire, etc.

O ! célèbres Docteurs, par vos écrits mobiles
Les esprits vous avez réduits,
Se proclamant ici des savants, des habiles
Et des Cénacles purs, instruits,
Lumière du Ciel inspirée,
Supplie pour des criminels ;
Aimable, Savante assemblée,
Ne délaisse point les mortels.

CHOEUR.

Illustre troupe auxiliaire, etc.

O ! vous prêtres sacrés d'une loi sainte et pure,
Qui jadis éleviez vos mains,
Suppliant, invoquant pour une race impure,
Oui, pour les souillés humains ;
O vous destinés au service
Des Autels d'un crucifié,
Faites dès-à-présent l'office
De mon doux Sauveur immolé.

CHOEUR.

Illustre troupe auxiliaire, etc.

Hermites affligés, ô souffrans solitaires,
Qui pour Jesus étiez lancés
Dans des solitudes, ah, non imaginaires
Dans les lieux les plus enfoncés,
Suppliez pour un misérable
Qui toujours presque est rebuté,
Pour ses péchés. sort pitoyable !
Qu'il ne perde l'éternité !

Choeur.

Illustre troupe axiliaire , etc.

~~~~~~~~~~~~~~~~~~~~

Vous avez remporté la plus superbe palme
De l'intègre virginité ;
Vierge qui jouissez du bonheur le plus calme ,
Suppliez dans l'éternité ;
Pour cette triste , basse terre.,
Intéressez donc l'Eternel ;
Qu'il n'éclate point son tonnerre ,
Et que nous ayons part au Ciel.

Choeur.

Illustre troupe auxiliaire , etc.

~~~~~~~~~~~~~~~~~~~~

Cortége courageux , ô femmes délaissées
Pour jouir par pure bonté ;
Ah ! vous avez souffert oui d'être affligées ,
Obtenez - nous l'éternité ;
Priez pour des âmes coupables ,
Ecartez les éternels feux ,
Ah ! rendez-vous à nous aimables ,
Faites que nous soyons heureux.

Cuoeur.

Illustre troupe auxiliaire , etc.

~~~~~~~~~~~~~~~~~~~~

O suprême bonté d'un Dieu , sois-moi propice !
Ah ! pardonne à l'humble pécheur ;
D'un père tendre , cher ; fais l'excellent office
Et déclare-toi son Sauveur ;
Affranchis-le par ton mérite
De tous les maux les plus hideux ;
Fuis des plus purs humains l'élite ,
Ouvre-leur la porte des cieux ,

Choeur.

Illustre troupe auxiliaire , etc.

~~~~~~~~~~~~~~~~~~~~

Agneau de Dieu sauveur des noirs péchés du monde ,
Par l'humble laisse-toi fléchir ;
Bonté d'un Dieu puissant, sois pour l'humble féconde ,
T'affliger ! ah ! plutôt mourir.
Tel est le plus noble langage

Du mortel, ô Dieu bien-aimé !
Qui s'humiliant se rengage
Sous ton fer doux et estimé.

CHOEUR.

Fixe tes regards sur la terre,
Démêle cet humble pécheur ;
Montre-toi pour lui salutaire,
Eternise son vrai bonheur.

EXTRAIT DES LITANIES DE LA SAINTE VIERCE,
Sur l'Air : *Le Seigneur a régné.*

FILLE du Roi David, la plus illustre mère
De qui, dans le temps, est issu
Le souverain du Ciel notre favori père,
Le Dieu de tout être conçu,
Par ton haut rang, chose visible,
Tu sembles régir l'Eternel ;
L'Eternel incompréhensible
T'est soumis comme le mortel.

CHOEUR.

Regarde-nous, divine mère,
Appaise le puissant Sauveur ;
O toi que le mortel vénère !
Obtiens-nous des cieux le bonheur.

Toi qui dans les hauts cieux sur la pucelle brille,
Mère de l'illustre Sauveur ;
O toi la plus sainte, la plus fidèle fille,
Soumise au saint Ambassadeur ;
Toi qui toute pure et modeste
Auriez volontiers rejeté
'Ta qualité toute céleste
Si ton sein eût été gâté.

CHOEUR.

Regarde-nous des yeux de mère,
Appaise le puissaut Sauveur ;
O toi que le mortel vénère !
Obtiens-nous des Cieux le bonheur.

O Célébre tribu, ta gloire est immortelle,

Toujours ton nom réjouira
Le mortel sincère, reconnaissant, fidèle
Il sera dit : *Vive Juda !*
Fille Jessé, source de grâces,
de l'illustre Juda naissant
ne laisse les impures races,
En bonté va toujours croissant.

CHOEUR.

Regarde-nous divine Mère, etc.

O Fille de Jessé, notre Mère puissante,
Appaise ton Fils irrité ;
Te prosterne à ses pieds, ô Judith ravissante,
O Reine de l'éternité ;
Désarme le Dieu de vengeances,
Arrête son bras suspendu,
Abbat des enfers les puïssances :
Que dans les Cieux je sois reçus

CHORUR.

Regarde - nous, divine Mère, etc.

Rien ne peut refroidir ton amour, ô Marie !
Tu jouis d'un cœur enflammé,
Aussi c'est celui-là qui par le fruit de vie
Fut par préférence honoré.
O la plus douce des tendresses,
Aime mon importunité
Sois attentive à mes faiblesses,
Réclame de Dieu la bonté.

CHOEUR.

Regarde-nous, divine Mère, etc.

CANTIQUE SUR LA SAINTE VIERGE

Sur l'Air : *Par les chants les plus magnifiques,*

DANS la pauvreté m'a fait naître
Le Dieu propice, Tout-Puissant ;
L'obscurité de mon bas être
N'est un problème florissant :

Mon nom jadis si remarquable
A perdu sa noble grandeur ;
Mais Dieu m'est enfin favorable ,
Je suis sans pêché ; quel honneur !

Devant porter l'agneau qui lave
Les plus noirs péchés de l'humain ,
Plus intrépide qu'un esclave ,
Dans son pur et virginal sein ;
L'odeur du péché ne respire
Celle qui sort du général :
La grace est de mon cœur l'empire ,
Ah ! personne ne m'est égal.

Oui , lancent sur moi les contrées
Des yeux de bénédiction ,
Elles disent à mes entrées :
Aimable Fille de Sion ;
Langage sacré de Marie ,
Qui , gardant sa virginité
Est du Dieu Tout-Puissant chérie
Mon Dieu , quelle grande bonté !

Naissant de Jessé sans souillure
Au Dieu saint et ambitieux ,
Elle rend son âme si pure
Un culte pur , réligieux ;
Soumise à la loi souveraine ,
C'en est fait il faut tous mourir ,
Hélas ! profondeur plus qu'humaine ;
Le trépas on lui voit subir.

Habitans de la Cour céleste ,
Anges donc , réjouissez-vous ;
David , jouez un air modeste ;
Enfans exilés , plaignons-nous.
Non , nos instrumens d'allégresse
S'unissent à l'Eternité
Pour chanter de concert sans cesse :
Vive son immortalité.

Inspire-nous , du Ciel la Reine ,

Aide puissant du grand pécheur,
Du péché la plus grande haine,
Fléchis pour nous notre Sauveur,
Et que ta charité puissante,
Ayant suivis, rejeton pur,
Ta conduite si florissante,
Nous procure le Ciel futur.

AUTRE CANTIQUE SUR LA SAINTE VIERGE,

Sur l'Air : *du Voyageur.*

FILLE Jessé, ton nom est immortel ;
Ravissante bonté, tu deviens une mère :
Est conçu dans ton sein le fils de l'Eternel,
tu fais tout pour calmer notre courroucé père ;
 Ah ! la victime de l'Autel
  Descend de toi pour le mortel.

Je t'honore, la mère d'un Dieu bon,
A dit l'Ambassadeur du haut Ciel à Marie :
Qu'as-tu donc reparti, de Jessé rejetton ?
Qu'ainsi cela soit fait à la fille chérie.
 Tremble, Satan, plus de pouvoir,
  Ton partage est le désespoir.

Si la mère du Sauveur a semblé
Douter, malgré l'ordre du Dieu puissant le Père,
C'est qu'elle avait le cœur humble, simple et troublé ;
Aussi, reprend-elle cette suprême Mère,
 Ah ! je ne suis qu'un pur néant
  Des mortels le plus impuissant.

Quelle heureuse nouvelle, Ange du Ciel,
Est-tu venu porter ? Eve est réprimandée ;
Baissez-vous, Abîmes, élève-toi mortel
Bientôt ne sera plus notre terre inondée
 Du vice cruel et honteux ;
  Ah ! bientôt nous serons heureux.

Mère d'un Dieu pur, fécond en bonté,

Tu joins l'infinité, don de la Cour céleste;
Je comprends ta noble, ta rare qualité
En concevant le Dieu saint, propice et modeste.
       Publions en ces nobles lieux,
       Chantons l'amante des hauts Cieux.

POUR LE JOUR DE NOEL,

Sur l'Air : *Honneur au Vieillard.*

HONNEUR, honneur, honneur au monarque immortel
Voilé dans ce profond mystère,
Anéanti dans la poussière;
Par un cantique solemnel;
       Chantons le monarque immortel   (*bis*).
       Le monarque immortel.   (*bis*).

Honneur, honneur, honneur au doux Jesus naissant;
Sous la faiblesse de l'enfance,
Il cache sa toute puissance :
Un Dieu, quel spectacle étonnant !
       Pour nous daigne se faire enfant,   (*bis*).
       Daigne se faire enfant.   (*bis*).

Honneur, honneur, honneur à ce Dieu plein d'amour,
Publions sa tendresse immense;
Ses bienfaits, sa magnificeuce;
Et par un généreux retour
       Vouons nos cœurs à son amour,   (*bis*).
       Nos cœurs à son amour   (*bis*).

POUR LE JOUR DE PAQUES,

Sur l'Air : *Honneur au Vieillard.*

MORTELS, mortels, mortels, préparons nos concerts,
Ce jour est le jour de la gloire;
Chantons, célébrons la victoire,
Jésus enchaîne les enfers.
       Mortels, préparons nos concers   (*bis*).
       Préparons nos concerts   (*bis*).

Le Ciel , le ciel , le ciel a nos cœurs éperdus
S'ouvre . . . . au loin on suit les ténèbres ,
Enfers , Cessez vos cris funèbres
Tous vos efforts sont superflus :
    Dieu veut , votre empire n'est plus   (*bis*).
    Votre empire n'est plus   (*bis*).

Frémis , frémis , frémis dans tes gouffres affreux ,
Impur qui trompâtes nos pères ,
Loin de partager tes misères ,
Guidés par Jésus glorieux :
    Frémis , nous vivons dans les Cieux. (*bis*).
    Nous vivrons dans les Cieux.   (*bis*).

POUR LE JOUR DE PAQUES,

Sur l'Air : *De l'Amandier.*

ENté sur l'olivier fertile ,
Jésus m'a sauvé par son nom ;
Arbre gâté , vase d'argile ,
J'étais esclave du Démon :
Oui , je m'étais fait indigne
De la sainte et pure Cité ;
Ce Dieu d'amour toujours bénigne ,
Ah ! m'a rendu la liberté.

O ! que la langue la plus pure ,
Seigneur , publie tes bienfaits ;
Les esprits de la Cour future
Annoncent ta gloire à jamais ;
Que le flambeau de votre grâce ,
Jésus , s'allume parmi nous ;
Sauveur , faites fondre la glace
De nos cœurs pour qu'ils soient à vous.

POUR UN TEMPS DE PÉNITENCE,

Sur l'Air : *De l'Hirondelle.*

Jesus , ne te montre pas formidable ;
Tes pleurs ont percé du pécheur le flanc ,

Ah ! veux bien te rendre à lui favorable,
Quoi ! n'est-il pas racheté de ton sang ?

Dieu ! dans ton suprême jour de puissance
Ne rebute point un humble pécheur ,
Donne-lui l'éternelle jouissance ;
Hélas ! n'es-tu pas son Dieu , son Sauveur ?

Qu'un jour le fiel du dragon je ne boive
Dans la coupe amère de ta fureur ! ·
Que des durs enfers je ne sois l'esclave ;
Hélas ! n'es-tu pas mon Dieu , mon Sauveur ?

CANTIQUE APRÈS LA SAINTE COMMUNION
DES ENFANS ,

Sur l'Air : *Il n'est pour moi qu'un seul bien.*

JOUR ravissant ! le Dieu de la nature
Vient d'ennoblir par les plus grands bienfaits
La plus vile, plus humble créature ;
Quels plus grands dons , ah ! furent-ils jamais ?
J'aime ce tendre père,
Oui , je le révère :
Adieu , monde , ses profanes plaisirs ,
Je possède des aimables loisirs.

Abaissez-vous sous sa Majesté sainte ,
Hauteur des Cieux que sa puissance abat ,
Mortel , humble mortel, frémis de crainte ,
Epais nuage , obscurcis son éclat.
Le soleil de justice ,
Ah ! m'est un Dieu propice :
Ce Dieu jaloux habite dans mon cœur
Pour l'humble créature , quel bonheur !

Que le juste dans son fumant délire
Blasphème , oui , son Jésus , son Sauveur ;
Humble mortel ici je ne respire
Qu'une aimable , pure et sainte douceur ;
Je commence sur terre

D'aimer un si bon père :
Cessez d'être , condamnables amours ,
A mon Jésus , ah ! je suis dès ces jours :

Ecume , enfer ; ô tigre Satan , tonne :
O reprouvés , frémissez de fureur :
Je ne vois rien , ah ! rien là qui m'étonne :
Jésus , Jésus : hélas ! est dans mon cœur:
Je ressens que mon âme
Dès aujourd'hui s'enflamme ,
Mon Dieu , mon Dieu , que je puisse mourir
Et dans des Cieux de vos purs dons jouir.

Chantons , chantons de Jésus la tendresse ,
Son amour pur , ses insignes bienfaits ;
Soyons renplis d'une vive allégresse ,
Disons , disons : oh ! qu'il vive à jamais
Ce Sauveur de délice ,
Ce Dieu toujours propice.
Jésus , Jésus , gurde un cœur innocent
Et te montre le Sauveur Tout-Puissant.

POUR LA BÉNÉDICTION,

Air *Inconnu.*

SEULE : un doux moment me fait goûter les Cieux ,
Un plaisir pur fait tressaillir mon âme ;
O mon Sauveur , viens , descends en ces lieux ,
Que ton amour me pénètre et m'enflamme.
Chœur. O Séraphins ! dans vos brûlans transports ,
Pour le louer inspirez nos accords.   (*vis.*)

Seule : j'étais tremblante et la nuit et le jour ,
Je déplorais ma triste destinée ,
Je vois mon Dieu , je ressens son amour ,
Et ma terreur fuit au loin dissipée.
Coehur. O Séraphins dans vos brûlans transports , etc.

POUR LA BÉNÉDICTION,

Sur l'Air : *Par les chants les plus magnifiques.*

ISRAEL doux et pacifique ,

Tremble à l'aspect de ton Sauveur ,
Vois son appareil magnifique ;
Parais , Majesté du Seigneur :
Non , baisse-toi , cité future ,
Dans mon Jésus plus de courroux ;
Il est sous une forme obscure ,
Anges , délaissez les cieux doux.

O mortel puissant et rebelle ,
Quitte ton laurier si tissu ,
Il n'a point d'asile fidèle
De l'illustre Juda l'issu ,
Terre ingrate de la Judée ,
Ouvre donc tes plus sombres yeux
Pour n'être plus reprimandée :
Goûte ici les douceurs des cieux.

POUR LA BENEDICTION,

Sur l'Air : *Quel noble feu* , etc.

Un calme doux fait tressaillir mon cœur ;
Le ciel avec moi partage ses charmes ,
Le fils divin apparaît sur l'autel ;
Terre , réjouis-toi , contemple l'Éternel.
    Qu'ils ont d'attraits ,
    Que ses bienfaits
Pour un doux cœur qui lui cède les armes ;
Divin amour , viens enflammer nos âmes :
Brûlant , hélas ! de tes chastes feux ,
Je goûterai les charmes des heureux.

O doux moment ! ô Dieu , quelles douceurs
Tu fais sentir à mon ame attendrie ;
Divin amour , je ressens tes largeurs ,
Descendant parmi nous tu captives nos cœurs.
    Divin époux ,
    O Dieu si doux !
Ta présence dans les hauts cieux chérie
Ravit hélas ! même dès cette vie ;
Dieu suprême , divine bonté ,
Ah ! tu m'es doux comme l'Éternité.

POUR LA BÉNÉDICTION,

Sur l'Ar : *Du Voyageur.*

Du haut des cieux où l'entoure une cour
Puissant de sa bonté la plus aimable ivresse,
S'abaisse parmi nous un Dieu rempli d'amour ;
En faveur des humains apparaît sa tendresse.
    Oh ! la victime de l'Autel
    S'immole pour le bas mortel,

Il ne veut plus se montrer ce Sauveur,
Tel qu'à la fin des temps armé de son tonnerre
Il descend à la voix d'un faible ambassadeur ;
La foi seule à nos yeux nous montre un puissant père :
    Impie, fuis loin son courroux ;
    Fidèles, réjouissez-vous.

Sentimens d'une Choriste qui s'est donnée à Dieu et qu'elle doit renouveler de temps en temps si elle veut persévérer dans ses bonnes résolutions.

O Monde, ô divinité vaine et frivole ! par quel charme enchanteur as-tu réussi à remplir ton temple de tant d'adorateurs, à couvrir tes autels de tant de victimes. Hélas ! que voit-on autour de toi qui invite à te rechercher ?

Tes plaisirs, je le sais, tes plaisirs me représentaient Dieu comme un maître sévère qui commande avec trop d'empire, qui resserre nos désirs dans des bornes trop étroites ; tu semblais m'offrir un empire de paix et de complaisance, voilà ce qui m'avait endormi la raison, à la suite d'un songe si flatteur, mon ame séduite avait volé où l'appelaient l'amour de la liberté et l'amour du plaisir ; l'attrait de la liberté a entraîné mon esprit, l'attrait du plaisir a précipité mon cœur, mais maintenant je comprends que cette liberté n'est qu'une vaine ombre de liberté et que ce bonheur n'est qu'un bonheur imaginaire. Oui, maître Souverain du ciel et de la terre, oui, mon Dieu, ce que le monde me promettait, il n'appartient qu'à vous de me le donner : le monde ne fit, il ne fera presque jamais que des esclaves et des malheureux ; dans vos voies tout est grandeur et noblesse, tout

tout mène au vrai repos, à la tranquillité de l'ame, et c'est bien ce que je sens aujourd'hui dans les voies de ce monde que votre Evangile réprouve, tout est pour l'ordinaire honteuse servitude, tout n'est souvent que trouble et que douleur, et c'est ce que je n'ai malheureusement que trop éprouvé.

Envain, être impur, qui trompâtes nos pères, tu te transformeras en anges de ténèbres, parce que je marche au milieu de la lumière, à la lueur du flambeau de la foi ; envain tu essayeras de me persécuter ; envain tu te revêt'ras de la peau de lion pour te faire redouter, parce que ta puissance est infiniment inférieure à celle de Dieu que je sers.

O Vous qui m'avez donné la vie, je vous chéris plus que moi-même, je suis prête à vous sacrifier ce que vous m'avez donné, s'il le faut ; mais souvenez-vous que vous avez mis au monde une enfant qui ne doit se proposer d'autre but que celui de servir Dieu sur la terre, ni d'autre fin que celle de l'éternité bien-heureuse.

O père, mère reconnaissants, adressez d'éternelles actions de grâces à celui qui a rompu mes chaînes et qui par là vous a procuré un grand moyen de salut. Oui, me rappelant vos indispensables occupations qui vous empêchent de vaquer souvent à la prière, je ne cesserai, tant il est vrai que vous avez une place dans mon cœur, je ne cesserai, dis-je, d'adresser pour vous des ferventes prières au Ciel, je lui ferai violence. Puisse donc l'encens de mes prières monter jusqu'au trône de Dieu ! puissions-nous nous voir tous ensemble dans la paisible Sion, et chanter à notre Dieu pendant toute l'éternité, des cantiques de reconnaissance.

RÉSOLUTIONS

D'une Choriste qui veut mener une conduite non seulement Chrétienne, mais encore régulière.

1.º En m'éveillant, j'exalterai le nom de celui qui m'a conservé la vie pendant la nuit : en m'habillant, je féliciterai, avec attention, le *Magnificat*, ce sublime Cantique, dicté par la reconnaissance de Marie. Après m'être habillée, je me rappelerai, avec gratitude, le bienfait inestimable de ma création, je bénirai le jour où l'Éternel m'a tirée de l'affreux néant préférablement à tant d'autres qui n'existent point.

2.º Je me souviendrai que la paresse est la mère de tous les vices; j'offrirai à mon Créateur le travail auquel j'ai été condamnée en punition du crime dont j'ai hérité de mon infortuné père, que j'ai apporté du sein souillé de ma mère; je supporterai toutes mes peines et fatigues, en esprit de pénitence.

3.º Lorsque je chanterai, je tâcherai, mais sans y vouloir mettre de la vanité, d'imiter les oiseaux dont la voix enchante les airs et je me représenterai comme devant un jour faire partie de ce beau chœur de Vierges qui chantent autour de l'Agneau sans tache.

4.º Lorsque j'entendrai résonner l'horloge, je penserai qu'à l'heure qui sonne, quelqu'un peut être appellé au tribunal redoutable du Souverain juge, et que peut-être à l'heure suivante il me faudra moi-même paraître devant mon Dieu pour lui rendre compte de toutes mes actions. Au son donc de l'horloge, je réciterai le *Miserere mei* ou bien je formerai un acte de contrition, ou bien je dirai : mon Dieu, je vous aime de tout mon cœur !

5.º Lorsque je passerai devant le signe de ma Rédemption, je réciterai : *O Crux ave !* Je n'oublierai donc point le bienfait insigne de cette Rédemption, et si jamais Satan, mon cruel ennemi, venait m'attaquer, je lui dirai avec force et courage : retire-toi de moi, bête féroce, tu n'as rien à faire ici. Je m'adresserai ensuite à Marie, ma tendre mère, cette seconde Eve qui écrasa la tête du Serpent, en lui disant : Fille protégée du Ciel, venez au secours de celle qui est la faiblesse même.

6.º Je me confesserai souvent, le plus souvent que je le pourrai, selon l'avis de mon Directeur; je me nourrirai du pain des forts, du vin délicieux qui fait germer les Vierges.

7.º En me déshabillant, je réciterai le *Miserere mei* ou quelqu'autre prière; je jeterai ensuite de l'eau bénite sur mon lit; je ferai mon examen de conscience, je recommanderai mon ame entre les mains de mon Créateur, je croiserai mes bras sur ma poitrine ou je joindrai les mains en-dessous de ma poitrine, comme si j'étais placée dans une bierre et qu'on dût me porter au cimétière. Enfin, je prierai le Seigneur de me faire endormir dans sa sainte paix.

FIN.

TABLE

Fin de la Table.